KB067299

짧아지는 연필처럼

짧아지는 연필처럼
이혜성 시집

초판 인쇄 | 2015년 3월 25일
초판 발행 | 2015년 3월 30일

지은이 | 이혜성
펴낸이 | 신현운
펴낸곳 | 연인M&B
기 획 | 여인화
디자인 | 이희정
마케팅 | 박한동
등 록 | 2000년 3월 7일 제2-3037호
주 소 | 143-874 서울특별시 광진구 자양로 56(자양동 680-25) 2층
전 화 | (02)455-3987 팩스 | (02)3437-5975
홈주소 | www.yeoninmb.co.kr
이메일 | yeonin7@hanmail.net

값 9,000원

ⓒ 이혜성 2015 Printed in Korea

ISBN 978-89-6253-165-7 03810

짧아지는 연필처럼

이혜성 시집

짧아지는 연필처럼
내 진실된 마음 내보이기 위해
겉에 보이는 허물 따위 과감히 태워 버려야지
잘려지고 깎여져 작아질수록
짧디 짧은 몽당연필이 될수록
내 속마음은 더 진하게 전해지는 걸

연인M&B

누군가 저의 시를 그저 봐 주기만 해도, 읽어 주기만 해도 감사하겠다 싶었습니다. 그러나 저의 첫 번째 시집을 내려고 하니 가슴이 벅차오르고 조금 욕심이 생깁니다. 사람들이 제 시를 사랑해 주었으면 좋겠습니다.

저의 시는 무엇인지 모르는 씨앗 같았으면 좋겠습니다. 작고 볼품없지만, 언젠가 싹을 틔우고 꽃을 피웠을 때 비로소 알아챌 수 있는 그런 씨앗 말입니다. 그래서 사람들이 저의 시를 기대하도록 하고 싶습니다.

사랑이 제일가는 가치이듯이, 아직은 부족하지만 저의 시집을 선물 받은 사람이 최고의 선물을 받았다고 생각하게 되도록 저를 갈고 닦겠습니다.

2015년 봄날
이혜성

차
례

점점 짧아지는
연필처럼

가위 바위 보

이들의 세계에는 영원한 약자도 영원한 강자도 없다 때로 부등호가 둘 사이에 던져지기는 하지만 대결에서 이길 확률과 질 확률은 언제나 공평하다

또 하나의 세계가 있다 약자와 강자 사이의 부등호가 영원히 뒤집힐 것 같지 않은 세상

지금 이곳은 가위와 보자기만 존재한다 보자기는 항상 가위에 찢겨야만 하는 현실, 가위 바위 보가 가장 공평한 놀이라는 것을 알고 즐기면서도 왜 아무도 바위를 내지 못하는 것일까 찢긴 보자기의 눈물은 그칠 줄을 모른다.

갇혀 버린 정

때 묻지 않은 정을
지금 서울에서 찾아보기가 힘들다
서양인 콧대처럼 높은 빌딩들과 함께
기브 앤드 테이크인가 뭣인가가
서양에서 전염병처럼 흘러들어 왔다

다른 나라의 어느 사전에서도
찾으려야 찾지 못한다는 단어
우리말 사전에서조차 멀어지려 한다

받았으면 주어야 하고
주어야만 받을 수 있는 문화
선물이 대가를 바라고 주는 것이었던가
매일 걸어가는 메마른 나날에
여러 번 고개를 갸우뚱하게 된다

정에 배고파 꺼내 든 초코파이에는
'정(情)' 한자만이 홀로 서 있는데
박제처럼 생기 없이
빨간 포장지에 갇힌 이 시대의 정이
냉장고에서 마악 꺼낸 초코파이처럼
차갑디 차갑다.

강남역의 아침

눈가에 졸음을 매단 사람들
눈곱은 다 떼어 냈어도
덕지덕지 묻은 그것들
아는지 모르는지
잰걸음만 옮기고 있다

지하상가 작은 가게들
하품하듯 하나 둘 입을 벌리면
전단지 돌리는 아주머니
손놀림이 더욱 바빠진다

초침이 고개를 끄덕일 때마다
좁아지는 정시 출근의 문
지각의 늪 앞에
사람들이 아우성친다

걸음마다 피어나는 걱정들
오늘도 똑같은 하루가 될까
아침, 또 아침
디딜 틈 없는 강남의 삶들이여.

강물

북에서 내려오는 압록강은
예나 지금이나 황해로 흐르고
서울 한복판을 가로지르는 한강도
언제나 서쪽으로 달린다
다른 곳에서 왔지만 바다에 이르면
그저 바닷물일 뿐 차별받지 않는다
압록강물이든 한강물이든 모두 섞여
더 큰 바다로, 드넓은 세계로 떠가는데
우리는 왜 섞이지 못하는가
저 강들을 붉게 물들인
돌이킬 수 없는 역사를 남긴 채
채찍 자국 같은 철조망으로 나뉜 현실
바다로 갈 수 없는 수많은 강물들이
출렁출렁 넘쳐날 듯이 눈물 쏟는다.

고등어조림

저녁상에 올라온 뻘건 바다 한 그릇
양념 속에 파묻힌 아가미는 멎었다
동해바다 그 깊은 빛으로 빛나던 등은
천안함처럼 도막나 가라앉았다

제 고향에 뼈를 묻지 못하고
짠 바닷바람 닿지 않는 서울
낯선 식탁 위에서 뼈가 발라진다
한평생 몸뚱어리를 지탱했을
나무줄기 같은 척추뼈가 허옇다

다른 동물에게는 없는 것
인간들에게 더는 먹히지 않으려고
숫돌처럼 갈고 닦인 갈비뼈가
뾰족한 가시가 되었다는 이야기

죽어서도 눈은 못 감았겠지
한이 맺혀서 눈물도 없다는 물고기
한으로 살아온 동물인 것일까

아니 어쩌면
저 짭짤한 바다가 전부
고기들의 눈물일지 몰라
가족을 잃고 펑펑 쏟아 낸
통곡의 흔적일지도 몰라

하얀 살점 앞에서 입 벌리는 순간
아마 버려졌을 녀석의 대가리가
감기지 않은 시퍼런 눈이
어디선가 쏘아보는 것만 같다.

국립현충원에서

십칠만 개의 별들이 붙어 앉아
두런두런 옛이야기를 꽃피우는 곳
그들의 피 냄새 비릿한 이야기를
나는 들을 수 없었다

역사 교과서에 안장되지 못한 이름들
알 길 없지만 그렇다고 해서
더 가벼웁기나 하랴

이웃을 사랑하라, 성경 말씀 따라와서
아무것도 보이지 않던 컴컴한 이 땅
타향에 보금자리를 마련한 선교사들

영화에서만 본 실미도에서
눈 감은 분들의 묘 앞에
나는 잠시
고개 숙일 수밖에 없었다

어머니 어머니 부르며 식어 갔을
월남전 한국전 수많은 무명용사들
아무리 뜨거운 눈물로 무덤 적셔도
데워질 줄 모르는 고요

이제 서울의 밤하늘에는
별이 잘 뜨지 않지만
한강 남쪽에 운동회라도 하듯 모여
두런두런 이야기보따리를 푸는
십칠만 개의 별, 별빛들.

그림자

뜨겁게 내리쪼이는 햇볕 아래 두 팔 벌리고 서서
한평생 온몸으로 열기를 받아 낸 어머니
그 등 뒤 그림자 속에서 나는 살아왔다

까맣게 타 버린 그 얼굴 한 번도 보지 못하고
오직 등만 보고서 자라온 나
등 적신 그것이 땀인 줄도 몰랐다

어머니 뒷모습은 언제나 하얗게 웃고 있었기에
눈물마저 햇볕에 말라
안구 건조증에 걸리신 줄도 모르고
내 피부색이 검다고 타령만 해 온 나

굳세게만 보이던 어머니보다 내 키가 더 커 버린 오늘
스무 해 넘게 볕막이가 되어 주신 분
숭숭 뚫린 당신의 구멍 틈으로
새어 들어오는 자외선을 처음 쪼인 날

나도 알 것만 같았다
왜 채찍 같은 따가움을 견디셨는지
그슬린 얼굴 보이지 않고
왜 항상 등으로 미소 지으셨는지

이제는 내가 그 뜨거움 짊어지고
열심히 열심히 광합성해서
한 그루 나무가 되어야지
마르지도 변하지도 않는 상록수 되어
널따란 내 그림자 속에 편히 쉬게 해 드려야지.

그들만의 천국

딱, 따악 하는 소리가 나를 노크해
장기 말 가듯 눈길을 옮긴다
골목 한편에서 장기판을 사이에 두고
할아버지 두 분이 차인 돌처럼 앉아 있다

방과 후 돌아온 손자 녀석에게
리모컨을 빼앗긴 것일까
아무도 없는 집이 심심해서
그냥 뛰쳐나왔을까

담배 연기는 드라이아이스처럼
노인들과 장기판을 휘감고
여기는 그들만의 무대
세상의 어떤 타악기보다도
경쾌한 소리가 메아리친다

지금만큼은 한나라와 초나라의
왕이 된 것처럼 행복한 표정
장기판을 호령하는 할아버지들

빌딩 숲 서울의 봄 햇살 아래
골목 한구석, 그곳은
그들만의 천국이리라.

꽃씨

바람에 날려 떠돌다
또는 새똥에 파묻혀
뜻하지 않게 떨어져 투덜대는 꽃씨
제 속을 모르는 걸까
고운 흙 속에 머리를 묻고
몸이 갈라지는 아픔 뒤에
비로소 품고 있던 생명을 깨닫는 걸까
파아란 떡잎을 보며
놀람과 기쁨에 입을 다물지 못하는
이 작은 알갱이
잎과 줄기와 왕관 같은 꽃잎이 난다
또 누가 알랴
뜻하지 않은 곳에 떨어진 내 속에도
보석 같은 꽃송이가 숨어 있을지.

냉동 돼지고기

돼지의 살갗 속으로
칼날이 파고들 때
털을 헤치고 가죽을 지나고
지방을 찌르고 살코기에 도달했을 것이다

그렇게 몸뚱이에서 핏물이 빠지고
다듬어지지 않은 고깃덩이가
보석처럼 완성될 무렵엔
어디론가 흩어진 지 오래일 녀석의 단말마
누구의 기억에도 남지 않았으리라

능숙한 칼놀림을 거쳐
고기라는 이름표를 달고서
포유류의 형체는 오간 데 없고
시신처럼 냉동고에 안장되는 것

적나라하게 벗겨진 몸뚱이
벽돌처럼 누워 그저 떠는데
안쓰럽지 않은 건
내 속이 메말라 버린 탓이고
게을러빠진 나의 요즈음과
녀석의 자태가 꼭 닮은 탓이다.

누에번데기

흰 눈이 소복이 쌓인다
겹겹이 얼어붙은 번데기의 겨울
통통해진 누에는 꽁무니에서
하얀 겨울을 뽑아낸다

자신의 순수를 뽐내는 양
고치로 망토를 두르고
날개가 돋칠 날만을 고대하며
잠에 들 채비를 한다

그러나 산산이 깨지고 마는
번데기의 겨울이여
하이얀 눈송이는 벗겨지고
알몸뚱이는 냄비에 던져지는
기구한 운명이여

한 마리 나방이 될 수 없는
어느 겨울의 이야기
인간의 손아귀에 잡채인
깨어진 꿈이여
꿈들이여.

다이어트

가쁜 숨이 허공을 찢는다
물결처럼 울렁이는 근육들
등줄기를 미끄럼 타는 구슬땀
지방을 깎아 내는 고통으로
아령을 들어 올린다
먹지 못하는 설움 속
샐러드와 닭 가슴살의 향연
칠 일 동안 타 없어진
일 킬로그램의 살덩이
만족하지 못하는 나는
오늘도 스스로와 싸운다.

단풍잎의 혁명

도로가에 줄지어 선
단풍나무 중 한 그루를 만져 본다
아직 가을 옷을 입지 않은 초록 이파리
매끈한 생기를 잃지 않았지만
가을이 깊어 감과 함께 붉어질 운명
하늘이 높아지면 너는 떨어지고
말이 살지면 넌 바스라진다
하지만 매연에 뒤덮여 가면서까지
오직 이날을 위해 살아왔다는 듯
도로변에 한바탕 불을 지르는
이 작은 존재들의 아름다운 혁명
스러지기 전 힘 다한 정열이
이십대 내 가슴에 불꽃을 지핀다.

담쟁이덩굴

제 담벼락을 찾아 짚고서
꿋꿋이 떼지 않는 저 손

팔이 떨어져 나갈지언정
자리 잡은 곳에서 절대 떠나지 않는
저 한결같은 우직함

온 힘 다해 버티어도
정작 약한 제 몸뚱이는
끝까지 지켜 내지 못하는
저 산포도에게서

파랗게 돋아나는 여름에도
말라 버리는 겨울에도
한 담벼락만을 고집하다 끊기어 나간
옛 지사들의 모습을 보았다.

대게

뷔페식당 한편에 줄지어 선 붉은 다리
합체 로봇처럼 사지가 떨어져나가
숨 잃고 얼굴 붉힌 채
잠잠히 노략만을 기다린다

힘의 상징이었지만
지금은 가위질만을 기다리는 집게발
생전의 위용을 떨치지 못하고
구경거리로 널브러져 있다

옆으로 옆으로
유토피아를 향한 이들의 걸음마
다리가 없어 잃어버린 발자국

욕망의 가윗날에 정교하게 잘려나간
열 다리의 꿈이여
빠끔히 솟은
눈망울의 슬픔이여.

드럼

통 접시 여럿이 한데 모여
하나의 악기를 이룬다
비슷하게 생긴 이들이 내는
하나하나 다른 소리들
쉴 새 없이 맞고 또 맞으면서도
나 옆엔 너, 너 옆엔 나
다닥다닥 붙어 앉아
서로가 서로의 아픔을 감싸고
신음을 보듬어 소리를 만든다
한이 맺혀야 소리가 난다는 서편제처럼
얻어맞는 아픔을 알아 노래하는 이들
혼자의 신음만으로는 불가능한 것
함께 아프고 함께 안아 주고
그렇게 눈물로 연주하는 것이다

저 혼자만으로는
음악을 빚어내지 못하는 드럼
다른 악기들의 선율이 갈 길을
밝혀 주는 등불이 되어
어우러져 같이 춤추어야 하는 자리
누구도 그를 조연이라 하지 않는다

처음부터 끝까지 서로 함께여야 하는 악기
공동체, 드럼의 또 다른 이름에서
우리 삶의 지표를 본다.

동그라미

끝이란 없다
뫼비우스의 띠처럼
돌고 도는

뾰족한 모서리도 하나 없다
선끼리 부딪힐 염려 없이
유연하게 미끄러져 지나간다

한쪽이 줄어들거나
또는 늘어나거나 찌그러지면
전체가 똑같이 변신해
작든 크든 모양을 유지해야 하는 것

우리 사는 세상도
이런 동그라미 같아야 하는 것을
서로가 서로의 손을 놓지 말아야 하는 것을

어쩌면
모난 사각형이 육각형이 팔각형이
모서리가 닳고 닳고 닳아야만
동그라미로 거듭날 수 있는지도 모른다.

러닝머신

새로운 땅은 어디에도 없다
매양 같은 모습으로 되돌아올 뿐
이 좁은 지구를
쳇바퀴처럼 돌리는 사람들
밀려나고 밀려나도 다시
모습을 드러내는 근성에 질세라
땀을 닦아 가며 걷고 달린다

걷는다는 것은
새로운 곳에 대한 기대
긴 나아감의 끝에는
새 땅을 디딜 수 있어야 마땅하지만
그렇지만은 않은 작은 지구가 있다
그저 머물기만 하는 아쉬움을
진한 땀방울에 담아내는 사람들

알 것도 같다
그 제자리걸음의 끝에는
내일이 있고
언젠가 맺어질 결실이 있고
가슴 깊어서 차오르는 만족이 있음을
가만히 나도
이 좁디좁은 지구에 올라서 본다.

마중물

내가 물이 된다면
한라산 백록담도 좋고
시원한 구룡폭포도 멋들어지지만
논두렁 한구석 도랑에 흐르다
할머니가 한 바가지 떠 붓는
마중물 되는 건 어떨까

마음만은 황금빛인 할머니
쌀 한 톨에 여든여덟 번
허리를 굽혀야 한다는데
펌프가 안 들 때마다
연골이 닳는 걸

에밀레종이 천상의 소리를 머금게 하려
제 한 몸 녹인 소년처럼
할머니의 벼꽃 같은 미소를 그려넣는
마중물 한 바가지 되리

삐걱이는 펌프 때문에 답답해진
할머니 마음까지 시원하게 적시는 물
나 물이 된다면
외가댁 펌프 속으로 떨어지는
마중물이 되리.

만약 당구대가 둥글었다면

인연의 옷자락이
바람결에 휘날리기가
너무도 쉬웠을 테지

금세 만났다 멀어져 가는 당구공
서로 만나기조차
더욱 힘들어졌을 테지

단단한 세상 벽에 부딪히기도 쉬웠을 것이며
우리는 쉴 새 없이
방향을 바꾸어야 했을 테지

당구대가 둥글어도
공이 가는 길은 곡선 아닌 직선이기에
게처럼 오늘도 우리는
옆으로 옆으로 걷는 것일 게야.

물음표

내게 비춘 적 없는 너의 등대
요동치는 시간의 파도 위에서
줄기차게 끼적였던 지도들
하나같이 막다른 길만을 던질 뿐이다

가고 싶은 이는 나뿐이 아닐
너의 마음 섬 미지의 땅
디딜 수만 있다면
다시 빠져나오지 못해도 좋겠다

발 닳도록 달음박질해 찾았지만
그 섬에서 날아온 티끌 하나 얻을 수 없어
노력의 세월들을 후회하지 않을수록
공허로만 메워지는 깊은 속

시험 정답보다도 알고픈 네 마음
바다 위에 물음표가 떠 있다
달려온 굽은 길 끝에는
너의 섬으로 건너갈 다리가
보이지 않는다.

민들레

4월에 피어
5월이 되면 머리가 새 버리는
빨리 늙어 버리는 꽃

몰아치는 봄바람에 쓰러지지 않고
견디다, 견디다, 견디다……
어느새 폭삭 늙어 버린 꽃

그 백발마저도
아이들의 입 바람에 날려져
몇 배의 생명을 틔워 내고는
받칠 것도 없는 꽃받침만 덩그러니 남아
아무도 그를 민들레라 하지 않겠지

하지만 나는,
그가 민들레라는 것을 안다
앙칼진 비바람을 이겨 내고 새 생명을 위해
여린 그 목숨 끝까지 붙들었던
노오란 흔적이 보이기에.

바람처럼

지구 곳곳을 거쳐 왔을
바람 하나 어깨에 내려앉는다

먼먼 아프리카의 어린아이들
가깝지만 멀어진 휴전선 북쪽
눈물과 가난이 덕지덕지 묻은 이야기
울먹이며 들려주는가 하면
너무 많이 먹어 죽은 부자 이야기
미국 가서 대저택을 본 이야기도
귓가에 조잘조잘 속삭인다

국적도 통행료도 없이
지구 구석구석을 디디는 바람
마구 다닐 수 있는 그가 부러워
바람에게 어려운 부탁 하나를 한다

나도 날아 보고 싶어
민들레 홀씨를 데려다 고운 흙 이불 덮어 주듯
내 꿈 한 가닥 등에 지고 날아가
저 구름 속에 묻어 주겠니
비가 되면 땅 위로 내릴 수 있게

왜 나는 이 우리에서 벗어나
바람처럼 되지 못하는 걸까
나는 멋진 날개가 있어도 날 수 없는
동물원에 갇힌 한 마리 공작인 것을.

바나나

바나나의 단맛은 어디에서 샘솟는 걸까
노오란 껍질도 아니고
우윳빛 속살도 아니다
타오르는 열대의 아이로
혈기왕성하게 자란 녀석은
사회에 첫 발을 내딛고
열대의 볕보다도 뜨거운 세상에
무지막지하게 데었을 것이다
금세 늙어 버려 검버섯이 피고
쓰디쓴 한숨을 모조리 토해 내어
연륜이라는 단맛으로 채워졌을 것
눈 감을 때에는
까무잡잡한 한 겹 옷 벗겨지고
알몸뚱이로 훌쩍 떠나는 것을

바나나의 단맛은
검버섯에서 나오는 것을.

방충망

남 가두기 좋아하는 사람들
예전에는 크나큰 감옥을 만들어 대더니
요즈음은 글로 말로 사람을 가둔다

공생하는 법도 모르는지
예로부터 울타리 없이는 살지 못했고
높은 담장을 쌓아올렸다

오늘날 우리도 마찬가지
창문마다 촘촘한 그물을 만들어 붙여
달라붙은 녀석들을 해충이라 한다

누가 누구에게 갇힌 것인지
분간할 수 없는 아이러니
어느 쪽이 더 넓은 세상인지

우리는 스스로를 가두어 놓고
방충망을
벌레 막는 철창이라 한다.

뱀처럼

지하철 사당역 출근 시간
발소리가 쩡쩡 울리는 가운데
얼어붙은 듯 배밀이는 제자리만 맴돈다
더없이 낮아진 눈높이
발들의 물결 속을 헤엄치고
잃은 것을 바라만 봐야 하는 사내
온몸으로 지하철의 속력을 느낀다
동전의 울음소리
거친 발걸음과 지하철 소리
세상의 낮은 소리들을 무덥게 짊어지고
이 아침도 나아간다
상처 가득한 배로 가슴으로
사내는 오늘도 조용히 똬리를 튼다.

봉숭아의 꿈

소녀의 손톱에 또 하나의 태양으로 떠오르고 싶다
짙푸른 여름을 발갛게 살다가
희고 작은 손끝에서 꽃으로 반짝이다가
뜨거운 여름을 더 뜨겁게 붉히고 싶다

꽃의 바람은 소망일 뿐
경멸, 신경질 같은 꽃말을 가진 죄 때문인지
난장에 이겨지고 온몸을 피로 적신 다음에야
그 분홍빛 손톱에 새 핏기가 될 수 있지

언젠가 흔적 없이 희미해지기 전에는
소녀의 볼우물은 내 차지
화수분 같은 자랑 주머니에서
매일매일 튀어나올 테니

떨어뜨린 씨앗이 다시 자손들을 맺을 때에도
나의 사랑은 기억될 수 있을까
세상 어디로 돌아갈지 모르는
어느 여름날의 바알간 꿈.

비누의 삶

은은한 향기도 단단한 몸체도
아이스크림처럼 녹아내리고 마는 너
물이 닿으면 형체도 없이
작아지다 작아지다 스러지는 삶

그러나 온몸이 녹아
거품이 되지 않으면
과연 무엇에 쓰일까

몸 곳곳을 정갈하게 하고
왜장을 끌어안은 논개처럼
땟물 안고 사라질 때
비누라 불리울 수 있는 것을

사라지기 위해 태어나는 삶
비누는 결코 슬퍼하지 않는다.

뿌리

흙 속에 발이 잠긴 채
바람 안에서 으스대는 꽃무리

그 화사함을 보지도 못한 채
햇볕 한 번 안아 보지 못하고
축축한 흙 속에서 저보다 몇 배는 무거운
희망 한 줌 지고 살아가는 삶

마르고 볼품없는 제 모습과 달리
본 적 없지만 분명 아름다울
꽃잎만 생각하며
묵묵히 흙을 움켜잡는 뿌리 같은 사람

세상에 한 명뿐인
나의 아버지.

상록수

변함없이 사시사철 푸른 나무
잎사귀가 떨어지지 않은 그들은
모르는 것이 없다 말한다

하지만 그들은 빨강을 모른다
변해 본 적 없어 노랑을 모르고
겨울을 살아남기 위해 떨어져야만 하는
낙엽들의 슬픈 이별을 모른다

항상 같은 모습을 보고서
신기해 할 사람이 있을까
사람들의 관심을 끄는 법도
잊은 지 이미 오래

푸르다는 것 하나로
자부하는 상록수
새로움도 모르고
아름다움도 모르지

고난을 모르는 이들은
성장판이 닫혀 버린 줄도 모르고
성장통을 겪지 않는다고 좋아라 한다.

셋잇단음표

새벽기도 가는 길
타다닥 타다닥
내 두 걸음을 세 발짝으로 쫓아오는
어머니 잰걸음

내 발이 느렸을 적에
천천히 천천히 함께 걸었을 어머니
기다릴 줄 모르는 빠른 박자들을
무던히 셋잇단음표로 쪼개고 있다

셋잇단음표 연주에 진땀 흘리는 당신
시간이 좀 더 낙엽처럼 떨어져 내리면
네 박, 다섯 박으로 쪼개어야 할 날
그러다 지쳐 주저앉을 날 있으리

재빠른 세월들이 뛰노는 오선지에는
음표 꼬리처럼 기다란 내 걸음이 있고
고음 저음이 파란만장한 어머니의 길이 있고
당신의 셋잇단음표가 한창 피었다.

손금

손바닥에서 자라온 세 줄기 본류와 수많은 지류들
세월이 흘러가는 깊은 강이다

끝날 듯 끝나지 않는 기다란 길
기억의 돛배가 떠가고
이제껏 붙잡았던 누군가의 손바닥들이
적지 않은 온기로 강물을 덥히는 곳

이 작은 도화지에 세월을 그린 것은
누구의 솜씨인지……

세 줄기 본류의 깊은 바닥에는
가라앉은 기억들이
옛 해적선의 잔해처럼 숨어 있다

양수에서 헤엄칠 적에는 없었던 것이
자라면서 간직할 것들이 생기자
가라앉힐 것은 가라앉히고
추억할 만한 것들은 띄워 놓았다

그렇게 지류에까지 자양분을 뻗으며
더 많은 배를 띄울 채비를 하는
손금.

시월을 보내며

비가 내린다
가을비가 내린다
총알같이 달려온 시월의 끝날
이별을 슬퍼하듯 하늘은 울음 우는데
나의 슬픈 눈빛에서는
눈물 한 방울 어른거리지 않고
비의 환송회 사이로
계절보다 빠르게 달리는 자동차 소리에
이따금 귀 기울인다
이것저것 건드리고 지나가는 바람과
소리 없이 팔락이는 수많은 은행잎도
시월과의 작별이 슬픈 것일까
우수수 떨어지는 은행과 함께
가을밖에 모르던 상달이 진다.

양말은 나에게

귀찮기만 했다
걸음마를 떼면서 만난 양말은
발을 옥죄는 것만 같았다

머리가 크고 따라 커진 발
어린이용 양말을 벗고
공통 사이즈를 신기 시작했을 때부터
불평을 늘어놓기 시작했다

집에 오자마자 내던져지기 일쑤였지만
외출할 때면 양말은 암탉처럼
발을 꼬옥 품고 있었다
냄새는 아랑곳하지 않는다는 듯이

이제 나는 어른이 되었다
그 귀찮았던 양말을 가끔 신지 않고 집을 나선다
웬걸
발바닥이 저리고 따끔한 건 착각일까

매일 양말을 신을 땐 몰랐다
그 얇은 천 하나가

묵직한 내 몸무게와 신발과의 마찰을
온몸으로 받아 온 것을

이제야 알아챈 나는 바보다
닳고 닳아서 구멍이 나려는 양말
어머니는 나에게
그런 존재였던 것을.

양모 타이즈

어머니가 외가댁에서 가져오신
남성용 양모 타이즈
지금은 요양원에 계시는
외할아버지께 선물로 왔던 것

봉전마을, 별 가득한 그곳 밤하늘처럼
까맣고 도톰한 내복
포장을 뜯자마자
외가댁 앞산 풀 내음
뒷강 물 냄새가 와락 안긴다

바지를 입은 것보다도 따뜻한 것은
매일같이 나를 위해 기도하시는
할아버지 사랑이 묻었음이라

겨우내 나를 껴안은
양모 타이즈
풀 내 향긋하고 따뜻한 것이
할아버지를 꼬옥 닮았다.

엘리베이터

질긴 인고의 시간을 달리었다
꼭두각시처럼 매여 너는
흔들리는 무거움을 견디었다
사명처럼, 만나야 하는 한 사람
나를 위하여
어디에 있든 가리지 않고
수직운동을 감행해 왔을 것이다
내 가슴에 날아와 꽂히는 디지털 숫자들
네가 인내해 온 세월들이 무색하게
너를 부르고 기다리는 시간조차 지겨워
발만 구르고 있는 나
차디찬 강철인 줄만 알았는데
양 팔 벌려 가득 안아 주는 따스함에
얼굴을 묻는다
혜성이 우주를 비잉 돌아서 오듯
나를 향해 달려오는 너
사랑은 기다림이었다.

어항 속의 비밀

어항 속 물고기들은 항상 앞을 향해 헤적인다
한순간도 지느러미를 멈추지 않고
헤엄치고 또 헤엄쳐 끝을 알 수 없는
먼먼 세상을 향해 달음박질한다
유리벽에 부딪혀 다시 돌아갈 때마다
눈앞엔 한 번도 보지 못한 새로운 길
바라보는 사람들은 어항이 좁다 하지만
좁지도 괴롭지도 않다는 듯 늘 같은 표정이다
잡혀 먹힐 걱정 없는 유리벽 안이
세상에서 가장 살기 편한 천국이 아닐까
내가 살고 있는 이 땅
어항 속보다 나을 게 없는 것을
오늘도 내일도 내가 가는 길처럼
그들은 끝없이 앞으로 나아가려 한다
내가 그러하듯 새로운 세계를 그리며.

외할아버지의 구순 잔치

아흔 개의 길고 굵은 양초가
구십의 생을 말하듯 천천히 녹아내리고
아흔 해의 산 역사
구불한 길 같은 주름이 미소 짓는다

해마다 어두워지는 귀에
내 목소리도 해마다 커진다
약한 입 바람 네 번에 하늘로 올라간 아홉 개의 불꽃
주름마저 장엄한 이 영혼도
언젠가는 꼭 하늘로 올라가야만 하나

이제는 나와 장기도 두지 못하시는
앙상한 그 손을 꼭 쥐어 본다
쉰 넘은 아들부터 초등학생 손자까지 모두 엎드려 절 올리며
"생신 축하드려요."
깊게 패인 주름을 보이며
하얗게 웃으시는 할아버지
내년에도 사랑한다고 말씀드리고 싶다

아흔 해의 수많은 기억 속에
기쁜 기억 하나 새로 심어 드린 날
외할아버지의 아흔 번째 생신날.

장작불의 사랑

제 자식은 아니지만
어디에서 옮기어 온 불꽃이라도 내치지 않는다
행여 꺼질까 속으로 시커멓게 품고서
몸도 호흡도 모두 옮겨 준 채
재가 되는 시간을 견딘다

주름살 같은 동심원이
수십 수백 해의 세월이
한 번에 팍삭 스러지는
화장의 끝에는 잿빛 뼛가루가 진하다

울음마저도 타닥타닥
절제된 소리로 참아 넘기고
보이지 않는 임종
뜨거운 죽음 위에 천천히 눕는다

그러나 불꽃은
장작보다 오래 살 수는 없는 것
마지막 한 토막까지도
작아지며 작아지며
두 손 꼬옥 붙드는

입맞추는 일이 아니다
매일 편지 쓰는 일도 아니다
사랑은 그저
말없이 전부를 내어주는 일임을 보라.

주름
—농촌활동을 다녀와서

펴진 길은 어디에도 없다
연어가 물길을 거슬러 오를 때에도
물결은 산맥처럼 구불한 길이 된다

어부에게도 고기에게도 파도는
한평생 비늘 부대껴야 할 만년 주름길이어서
깊고 깊다는 골들이 모여
골짜기를 재봉질해 온 것이다

이 흐물한 것들은 사실
무엇보다 단단하여서
한 발씩 의지하며 걸어가는
나무줄기 같은 길이 된다

오랜 시간 접히어 맞닿아 있었기에
헤어지며 진한 아쉬움으로 내어놓은
다시 만날 길 줄기

그렇기에 그 좁은 골들이 다려지면
바다 같은 너비로 드러나는 것이다

이처럼 주름을 펴지 못하는 것은
적잖은 인연이 녹아 있기 때문이고
세월을 지저귀는 새 한 마리
살고 있기 때문이다

물에 젖으며 불에 데이며
곱게 만들어 온 주름들
그 손발을 마냥 쓰다듬은 내 손은
밋밋한 살가죽일 뿐이었다

내가 바른 것은 로션 아닌
사랑이었기만을
기도해 본다.

줄넘기하듯

성장의 파도를 넘는다
철썩철썩
수억 년 땅을 때리고 채찍질하는
풍화작용이 있었기에 제주 바위들은
세계 7대 자연경관으로 성장했으리라
줄을 넘는 일이란 그런 것
묵묵히 제자리에서 뜀박질하는 일
가만히 성장통을 기대하는 일
하지만 뛰고 뛰어도
손 뻗어도 닿지 않는 구름은
화악 끌어내려야 하는 걸까 아니면
내가 더 높이 뛰어올라야 하는 걸까
철썩철썩
땅을 내리칠 때마다
입 벌려 달려드는 성장의 파도.

지하철 풍경

저마다 또 하나의 두뇌를 들고 있다
묻는 족족 대답하는 방자 노릇
외로운 이에게는 연인 노릇하느라
뜨겁게 달아오른 스마트폰들
똑똑하다고 붙여진 이름이라는데
아무럼 사람보다 더 똑똑한 것일까
변검 마술처럼
자꾸만 바뀌는 그 얼굴 속으로
퐁당 빠져 버린 그윽한 눈길들
열차가 멈추기 전에는
건져 내지 못할 듯하다
모두들 그 안에서 평안을 찾는
이 시대의 네모난 두뇌들
요란한 소리를 내는 지하철은 오늘도
저보다 빠른 정보화를 싣고 달린다.

집착

끈질긴 삶의 집착이 걸음걸음 뒤따라온다

자동차 전조등 빛에 싸여 흙이 된 짐승들
심심찮은 뉴스에 혀를 차면서
돌아선 발길에는 오늘도
식은 호흡들이 줄줄이

우연한 디딤 한 번에
쏟아져 내리는 작은 목숨들
여섯 다리를 분주히 움직이던 그는
누군가의 아비였을지도 모른다

한껏 몸뚱어리가 이겨지고 나서도
꺾인 다리는 허공을 헤매었으리라
신발 바닥에 딱 붙은 집착!

하루에도 수없이 낙엽처럼 쏟아져 내리지만
누구도 주목하지 않는
누구에게도 주목받지 못하는 그런
작은 목숨들.

짧아지는 연필처럼

뭉툭한 연필 끝을 깎아 내면
뾰족해진 심이 고개를 내민다
쓰다가 닳아 부러지면
망설임 없이 몸통은 깎여 나간다
칼날이 위아래로 번득이면
검은 심줄이 모습을 드러내기 위해
조각나는 나무
짧아지는 연필처럼
내 진실된 마음 내보이기 위해
겉에 보이는 허물 따위 과감히 태워 버려야지
잘려지고 깎여져 작아질수록
짧디 짧은 몽당연필이 될수록
내 속마음은 더 진하게 전해지는 걸.

착각

사랑을 하면 시인이 된다고
누군가 그랬지만 나는
사랑을 잃어도 눈물로 시를 빚는다
너는 알까 가느다란 펜에 기대어
흐느낌을 남몰래 되새김하는 나를
더 가까이 가까이 당겨 가던 밧줄이
너의 한마디에 끊어지고
시간이 지난 지금도 나는
아래로 아래로 중력을 붙들고 곤두박질한다
착각에 대한 가르침
값비싼 수업료를 낸 오늘
누군가의 복권 당첨 소식처럼
나에게는 일어나지 않을 것만 같은
장밋빛 이야기가 곳곳에 있다.

촛불

양초의 눈물은 뜨겁다
할아버지의 생애처럼

울다 울다가, 흐르고 흐르다
마침내 몽당연필처럼 짤막해진 양초

흘려보낸 눈물은
사랑했던 지난 시절을 품에 묻고
길다면 길고 짧다면 짧은 여행의
종착역을 향해 달린다

촛불이 흔들린다
비틀비틀 지팡이 하나 붙들고
나아간다, 고요한 뜨거움으로

양초의 울음은
보는 사람도 눈물짓게 한다
그 얼굴에, 주름골에
백여 년 역사가 심겨 있는 것을

다 녹아 흘리워도
양초는 양초다.

커피를 마시고

'악마의 유혹 캐러멜 맛'
인스턴트커피를 마신다
거꾸로 달린 미끄럼틀을 탄 듯
달달한 액체가 빨대 속을 미끄러져
분홍빛 혓바닥 위를 한 바퀴 돌고
향만을 남긴 채 사라진다
그 악마의 유혹에 홀려
잠이 오지 않는 이 밤
내게 스며든 그를 생각하며
책상에 앉아 시를 지어 본다

아직 끈적이는 입 안에
사라지지 않은 그의 향취
날개를 꺼내 날아가고만 싶은
나 홀로 깬 새벽녘이다

악마의 유혹 캐러멜 맛
커피는 여전히 달다.

키 높이

매일 오 센티미터의 계단을 신는다

바닥은 너무 차가워
지면과의 거리를 벌려 줄
발바닥과 신발 사이의 채워짐
거기에는 구름이 있다
아틀라스처럼 큰 무게를 떠받치느라
자라지 못하고 오직
다른 이의 성장판으로 사는 일
구름을 디딘 것 같은 푹신함
비밀처럼 보이지 않는 높이가
마음을 채운다
그가 받아 내는
육십 킬로그램의 중력이 나를
천장과 하늘과 별에 더 가까이

오늘도 오 센티미터의 계단을 신는다.

컵라면

얄팍한 뚜껑을 조심스레 뜯으면
마구 얽히고설킨 녀석들이
겨울잠 자듯 잔뜩 웅크리고 있다

나는 연금술사
녀석의 마법을 풀어
라면으로 탄생시켜야 한다

얼어붙은 상태는 라면이 아니다
매운 스프에 절여지는 아픔을 겪고
끓는 물에 녹아야만 비로소
라면으로 태어나는 것

피어오르는 냄새는 침샘을 간질이는데
'끓는 물 4분'
사 분이 사십 분 같은 지금
라면이 익기를 기다리는 내 속도 끓는다

하지만 이것은 기다림도 아니다
먹이고 입히고 또 가르침으로써
나를 팔팔 끓이고 끓여

먹음직스럽게 완성될 그날만을
손꼽아 기다리는 분들이 있기에

라면이 퉁퉁 불 때까지도 나는
기다릴 수 있어야 한다

내가 다 익어 완성되기까지는
몇 년이 걸릴지
오늘도 뜨거운 수증기를 품는다.

토요일의 심야 버스

전철 막차가 끊긴 어두운 시간
버스 정류장은 터져 나갈 듯하고
어둠을 가르며 달려오는 전조등이 반가워
와락 안기듯이 올라타는 사람들

문이 닫히지 않을 정도로
가득 찬 버스가 달린다
술기운 가득한 고독의 직육면체
술에 젖지 않은 입술도
덩달아 취할 듯 눈 감기고

깊은 밤, 끌어 주고 밀어 주는 이도 없이
버스 한 대가 홀로 달린다
반쯤 쏟아져 내린 눈꺼풀들
내일은 일요일이니까 괜찮다는
유일한 위안거리를 안고
검디검은 아스팔트 위를 미끄러진다.

투수

손가락 끝 굳은살이 칼에 베인 듯 아리다
18.44미터 앞만을 바라보는
쇠사슬로 동여맨 초점
눌러쓴 모자와 살갗 사이로
다이아몬드 원석처럼 빛나는 땀방울
매가 발톱으로 먹잇감을 찍듯이
공을 콱 잡는다
약간 높은 이 흙더미에 서기 위해
몇 번이나 공을 할퀴었나
그라운드 위 동료들과 적
그리고 관중들의 눈길이 한데 모인 이 시간
잠시 호흡을 멈추고
끓어오르는 혈기와 고뇌도 멈추고
다리를 들어 올린다.

틈에서 틈으로

틈을 비집지 않고 나오는 생명이 있던가
씨앗이 갈라지는 아픔과
그 틈으로 가까스로 고개 내민 떡잎이 있었기에
아름다움을 뿜낼 수 있는 꽃들이 있고

외로이 남겨진 까치밥처럼
덩그러니 나뭇가지에 매달렸다가
허물 틈새로 젖은 날개를 펼치는
나비의 태어남도 그러하고

또한 자궁 틈바구니로 머리를 들이미는
인간의 탄생도 다르지 않다

그렇게 세상에 나온 생명들은
더 커다란 틈으로 달려가야만 한다
살아남기 위해, 무리의 틈 사이로
더 빨리 내달려야 하는 야생의 법칙

우리도 그렇게 경쟁하고 있지 않은가
아침마다 지하철을 타기 위해
사람들 틈을 마구 비집고

대결에서, 언쟁에서 이기기 위해
상대의 작은 틈이라도 사정없이 파고드는 우리의 삶

틈에서 태어나 틈 속에서 살아간다
좁은 문에서 태어나 좁은 길을 걸어야만 하는
우리의 틈 비집기.

파랑새

온전치 못한 반 토막 추억이 희미하게 아른거려
애초에 내 기억 한구석에 자리 잡지 않았다면
반쪽 된 널 찾을 일도 없었을 것을
널 품은 걸 후회 않는 내 기억이여

가슴으로 울어 본다
짜디짠 눈물이 흐르다
뜨거운 심장에 데어 증발하고
흰 소금만 남아 보석처럼 굳었다

뾰족한 소금 조각이 가슴을 찔러
난 이제 알았다
이 쓰라림이 그리움이라는 것을

기억 속에 언제든 고개 내밀
가장 가까이, 영원히 내 품에 남을
눈물 젖은 너, 나의 파랑새야.

퍼즐 맞추기

집었다 놓았다를 수십 번
수백 조각들 중
이곳에 맞는 단 한 조각을 찾기란
까만 밤하늘에 내 별을 찾아내기보다 어렵다

비슷비슷하게 생긴 조각들
같은 조각만도 수없이 집어 들었겠지
똑같은 실수, 같은 실패를
수없이 거듭하는 삶

이미 맞춰진 조각들 사이
우리는 그 조각을 찾아 넣기 위해
실패하고 헤매이며
오늘도 밤하늘의 별을 뒤적인다.

포켓볼
─하얀 공의 청춘

뾰족한 큐 끝이 겨누어진다
아무것도 모르는 하얀 녀석은
공포에 몸서리치지만
누구도 알아주지 않는 적막 속

단두대의 그것과 같은 굉음이 울리고
힘껏 얻어맞은 흰 공이
달려간다, 다른 공에게로
애원하는 눈빛의 절실함

그러나 누구도 그를 감싸 안고 위로하지 않는다
너 나 할 것 없이
저 어두운 곳으로
게 눈 감추듯 숨어 버린다

하나 둘 그렇게
마지막 남은 공에게 애원해 보아도
외면의 눈길만 던져지고
드넓은 당구대 위 홀로인 그

수없이 얻어맞았지만 두려움의 연속
누구도 도와주지 않는 사회 속
오늘도 하얀 공의 청춘은
큐 끝의 낙엽인 듯하다.

풀 내 나는 외할머니 사랑

경남 함양 쑥색 지붕
외할머니 댁 밥상은
풀빛이 물결처럼 넘실거린다

겨우내 숨죽인 조막손 이파리들
기지개 켜고 나온 여린 나물들이
초인종 소리와 함께 우리 집 식탁으로 왔다

누런 종이 상자에 시골 내음 가득
그날 저녁은 나물의 향연이었다
풀빛 머금지 않은 것이라고는
출렁이는 동해바다 한 접시
등 푸른 고등어가 싱싱했다

싱겁게 먹어야 건강하다는
할머니 말씀 떠올라
목구멍 깊숙이 쏙 들어간 반찬 투정
이름 모를 나물들은 형광등 아래서 광합성하고
어느 때보다 풍성했던 그 저녁

할머니 주름처럼 자글자글한 잎맥들
당신의 손길이 내 속에서 숨 쉬고 있음은
먼 남쪽 외가에서 온 풀빛 식탁
불로초와도 비길 수 없는 할머니 사랑.

필름

기억 어디쯤 단발머리의 어머니가 있다
그때부터였을까
그 작은 눈동자에 새 하나가
빛 덩이를 물어다 나른 것은

새는 자꾸만 수정체를 파고들려 하고
어머니는 빛을 보면 지워지는 필름처럼
불 꺼진 방으로 뒷걸음쳤다

희미하던 주름이 깊어진 만큼
점점 동굴 깊숙이 자리를 옮기고
배불뚝이 텔레비전만이 빛을 뿜어내는
언제나 불 꺼진 그 방

텔레비전을 쐴 때마다
조금씩 긁혀 나가는 필름 속 기억들
그래도 이제껏 찍은 사진들보다
담아야 할 것이 더 많은
중년의 두더지

어머니의 요리들이 짠 것은
눈물에 녹아 있던 소금기만 남은 까닭이리라
멸치처럼 말라 버린 눈동자 대신
헌 가슴에만 눈물이 출렁이고
필름에 새긴 세월들이 눈부시다

빈 인공 눈물 병이 버려지는 소리가
텅, 하고 서럽다.

편의점

아직 어둠 속에 파묻힌 새벽
가로등과 함께 그는
골목을 밝히는 한 덩이 빛이다

점원 혼자 잠을 밀어내는 도시의 오두막
사람들이 아직도 꿈나라를 헤맬 때
그는 혼자 어둑새벽을 맞는다

언제 올지 모르는 손님을 위하여
밤새 지새우고 불태우며
잠들지 못하는 하얀 기다림
사랑이 아니면 무엇이라 할까

등잔불 들고서 새 신랑을 기다리는 신부처럼
이 새벽, 자기를 필요로 하는 이를 맞기 위한
그 망부석 같은 기다림

달빛보다도 밝지만 드러나지 않는
편의점 좁은 공간에 불 밝히는
사랑, 사랑이여.

하모니카 소리를 듣다가 문득

열차가 멈췄다 다시 움직이자
힘겹게 사이 문이 열리고
사람들의 마음을 두드리는 하모니카 소리
때에 절은 두 손으로 모아 쥐고
역경을 토해 내듯 찬송가를 불어 댄다

외할아버지가 부르는 찬송가만큼이나 희미하다

곧 아흔한 살이 되시는 외할아버지
찬송가를 곧잘 부르곤 하셨다
어머니는 언제 가실지 모른다며
할아버지 노래를 녹음해야겠다고 하신다

구불한 길 같은 이마의 주름은
나이테처럼 세월을 말하고 있고
어느덧 할아버지의 귀가 되어 버린 보청기
오늘도 열심히 소리를 낚아다가
고막을 울리고 있겠지

걸인의 바구니에 동전이 쌓여 갈수록
희미하게 찬송가 소리가
나의 귀에도 눈물처럼 차오르는 것만 같다.

해감

벌 아래서 그는 삼키었으리
한때 호흡했음의 증거들을
주검처럼 몸 묻혔던 그곳은
곧 삶의 깊이
섭씨 백 도씨의 물속에서 거품을 내지르고
힘없이 벌어진 하나의 무기
채 여물지 못한 작은 몸뚱어리가
잠들어 있다
임종의 순간에 꼭 품고
토해 낼 수 없었던 그의 유산들
뱉어 냄과 삼킴 사이
소리 없는 삶이 진하다.

회색의 아름다움

태워진 이들이 올라가지 못하고
가루로 남아 있는 슬픈 빛깔
어두움에도 밝음에도 어울리지 못하는
그저 탁하다고 불리우는 색
언젠가 미술 시간에 선생님이 물으셨다
무슨 색 바탕 위에 그림을 놓으면
가장 아름답게 보일 것 같느냐고
색들이 더 화사하게 보이겠느냐고
아, 답은 회색, 회색이었다
한 송이 장미에 둘러진 안개꽃처럼
그렇게 살아가는 잿빛을 깨달은 그날
진정한 아름다움의 역설로 나는
삶의 도화지를 물들여 보고 싶었다.

회

헛바닥 같은 것이 혀에 감긴다

우럭의 몸통을 뒤덮은
바다가 조각조각 널브러져 있다
아무 소리도 없던 공개 처형 뒤
회와 매운탕거리로 갈라선 몸뚱어리
원치 않던 생이별로
그들은 숨을 반씩 나눠 가졌다

짧아진 숨으로는 안간힘을 써도
먼 바다까지 닿지 못하고
귓구멍에 파도 부서지는 소리만 맴돈다

물살 가르는 소리
고깃배 소리
뱃사람들의 말소리와
그물 내리는 소리
들리다가 들리다가
들리지 않는다

아가리에서 아가미로, 수없이 드나들었던 생명수
양념과 끓는 물만이 아가미에 차오르고
매운탕 속에서도 눈 감지 못하는 녀석은

그래도 그래도 우럭이다.

사무사(思無邪)의 표상성과 자명(自明)성

유한근

(문학평론가 · 디지털서울문화예술대 교수)

1. 사무사(思無邪)의 시학

이혜성 시집 『짧아지는 연필처럼』은 일별(一瞥)만 해도 알수 있다. 그의 시는 소박하다. 사무사(思無邪)의 시이며 거침이 없는 천상 시이다. 소박하고 평면적이어도 좋다. 그것으로도 의미 공간을 만들어 내기 때문이다. 의미 공간과 형식까지 해체만을 선호하는, 젊음을 가장하는 시가 아니어도 좋다. 그의 시는 뚜렷한 위상을 기지고 있기 때문이다.

시경(詩經)에서의 '사무사' 의 '사(思)' 는 '맑은 마음', '마음의 숨구멍', '마음의 세밀함', '마음의 연민' 으로 그 의미의 쓰임새를 압축하여 볼 수가 있다. 그리고 사(思)를 사(辭; 목소리)로 볼 때에는 시경에서의 '사무사(思無邪)' 를 "말소리에 사(邪)가 없다."(윤재근의 『시론』 p53)로 풀이한다고 할 때, 노래에 삿됨이 없다고 말할 수 있다. 마음의 맑음에 삿됨이 없다는 말은 순수하다는 것과 다르지 않다. '마음의 숨구멍' 은 시에 있어서의 생명과도 같은 호흡, 운

율을 의미한다. 그것에 삿됨이 없다는 말은 내재율이 있어 시의 생동감이 있음을 의미한다. 그리고 '마음의 세밀함'은 디테일한 정서를 의미한다. 그것이 삿됨이 없다는 것은 영혼의 맑음을 의미한다. 마지막으로 '마음의 연민'에 삿됨이 없다는 말은 진정성 혹은 따뜻한 사랑의 마음이 있다는 것과 다르지 않다.

그렇다면 이제, 이혜성의 시를 보고 확인해 보아야 할 것이다.

눈가에 졸음을 매단 사람들
눈곱은 다 떼어 냈어도
덕지덕지 묻은 그것들
아는지 모르는지
잰걸음만 옮기고 있다

지하상가 작은 가게들
하품하듯 하나 둘 입을 벌리면
전단지 돌리는 아주머니
손놀림이 더욱 바빠진다

초침이 고개를 끄덕일 때마다
좁아지는 정시 출근의 문
지각의 늪 앞에
사람들이 아우성친다

걸음마다 피어나는 걱정들
오늘도 똑같은 하루가 될까
아침, 또 아침

디딜 틈 없는 강남의 삶들이여.

_〈강남역의 아침〉 전문

〈강남역의 아침〉에서 '강남의 삶'이라는 시어는 도시적인 삶을 살 수밖에 없는 서민들의 삶을 표상하는 삶이다. 그런 삶을 살고 있는 사람들에게 이 시는 연민의 마음을 갖는다. 스피노자는 〈에티카〉에서 "연민이란 자신과 비슷하다고 우리가 상상하는 타인에게 일어난 해악의 관념을 동반하는 슬픔이다."고 말한다. 이 말을 이 시에 조응해 볼 때 스피노자의 말은 수정되어야 할 것이다. "타인에게 일어난 해악의 관념"이라는 말 때문이다. 〈강남역의 아침〉에서 사람들의 "걸음마다 피어나는 걱정들"이 있지만, 그들의 "디딜 틈 없는 강남의 삶"은 바쁘고, 힘들고, 분주하지만 "아침, 또 아침"이 있는 삶이다. 그들은 삶에 지쳐 있어도 내일의 아침이 있는 삶이다. 이혜성은 그들에게 연민을 갖는다. 여기에서의 연민은 사랑이다. 연민은 "타인에게 사랑이라는 착각을 만들 수 있는 치명적인 함정"이다. 그러나 그 시작은 삿됨이 없는 사랑이다. 그 사랑하는 마음이 변질되어 치명적이 될 때, 그 감정은 연민이 아니라고 할 수 없다. 연민은 순수한 마음의 소산인 만큼 그 사랑도 삿됨이 없다고 할 수 있다. 시 〈뱀처럼〉에서의 "이 아침도 나아간다"에서 '아침'도 지하철 사당역 출근 시간의 아침이다. "세상의 낮은 소리들을 무겁게 짊어지고" 나가지만 생동적인 삶의 현장, 그 아침이다.

시 〈뱀처럼〉은 "더없이 낮아진 눈높이/발들의 물결 속을 헤엄치고/잃은 것을 바라만 봐야 하는 사내"인 발 다리가 없는 거지 사내가 시적 대상이다. 뱀처럼 "똬리를 틀고 구걸하는 사내"다. "얼어붙은 듯 배밀이는 제자리만 맴" 도는 앉은뱅이 사내다. 그 사내를 시인은 연민의 눈으로 바라본다. 시인의 연민은 시적 대상인 그 인물에 대한 동일화 의식에서 나오는 정서이다. 시적 대상인 그를 시인은 이렇게 인식한다. "잃은 것을 바라만 봐야 하는 사내"로, "온몸으로 지하철의 속력을 느"껴야 하는 사내로 이해한다. "동전의 울음소리"인 먹거리의 수단을, 도시적 삶의 현장인 "거친 발걸음과 지하철 소리/세상의 낮은 소리들을 무덥게 짊어"져야 하는 인간으로 이해한다. "상처 가득한 배로 가슴으로" 그리고 "오늘도 조용히 똬리를" 트는 그 모습이 뱀같은 사람으로 인식한다. 그러나 이혜성은 뱀같이 똬리를 틀고 있는 그 사람을 따뜻한 시선으로 바라본다. 그리고 그를 자기화한다. 이것은 연민의 힘으로 가능한 부분이다. 문학은 인간에 대한 이해에서 시작되고 인간에 대한 연민으로 끝나는지도 모른다. 문학은 인간에 대한 이해 없이 불가능하다. 이에 대한 한 단면을 이 시는 환기해 준다.

2. 서정적 자아에 대한 인식

그렇다면 이혜성은 인간인 자신과 가족을 어떻게 이해하고 인식하고 있을까?

뜨겁게 내리쪼이는 햇볕 아래 두 팔 벌리고 서서
한평생 온몸으로 열기를 받아 낸 어머니
그 등 뒤 그림자 속에서 나는 살아왔다

까맣게 타 버린 그 얼굴 한 번도 보지 못하고
오직 등만 보고서 자라온 나
등 적신 그것이 땀인 줄도 몰랐다

어머니 뒷모습은 언제나 하얗게 웃고 있었기에
눈물마저 햇볕에 말라
안구 건조증에 걸리신 줄도 모르고
내 피부색이 검다고 타령만 해 온 나

굳세게만 보이던 어머니보다 내 키가 더 커 버린 오늘
스무 해 넘게 볕막이가 되어 주신 분
숭숭 뚫린 당신의 구멍 틈으로
새어 들어오는 자외선을 처음 쪼인 날

나도 알 것만 같았다
왜 채찍 같은 따가움을 견디셨는지
그슬린 얼굴 보이지 않고
왜 항상 등으로 미소 지으셨는지

이제는 내가 그 뜨거움 짊어지고
열심히 열심히 광합성해서
한 그루 나무가 되어야지
마르지도 변하지도 않는 상록수 되어
널따란 내 그림자 속에 편히 쉬게 해 드려야지.

_〈그림자〉 전문

시 〈그림자〉에서 이혜성은 자신을 어머니의 등 뒤 그림자 속에서 살아왔다고 토로한다. 그리고 어머니를 "뜨겁게 내리쪼이는 햇볕 아래 두 팔 벌리고 서서/한평생 온몸으로 열기를 받아 낸" 존재로 인식한다. 그러한 존재인 어머니의 "등 뒤 그림자 속에서 나는 살아왔다"고 인식한다. 햇볕 아래에서 자신의 볕막이를 해 주셨던 어머니였기 때문에 굳세게만 보였던 어머니. "눈물마저 햇볕에 말라/안구 건조증에 걸"렸으나 "항상 등으로 미소 지으셨"던 그 어머니에게 "마르지도 변하지도 않는 상록수 되어/널따란 내 그림자 속에 편히 쉬게 해 드"리겠다는 시인의 소박한 마음과 '상록수 그림자가 되겠다'는 그 의지에서 이혜성의 어머니에 대한 '사무사(思無邪)'를 보게 된다.

돼지의 살갗 속으로
칼날이 파고들 때
털을 헤치고 가죽을 지나고
지방을 찌르고 살코기에 도달했을 것이다

그렇게 몸뚱이에서 핏물이 빠지고
다듬어지지 않은 고깃덩이가
보석처럼 완성될 무렵엔
어디론가 흩어진 지 오래일 녀석의 단말마
누구의 기억에도 남지 않았으리라

능숙한 칼놀림을 거쳐
고기라는 이름표를 달고서
포유류의 형체는 오간 데 없고

시신처럼 냉동고에 안장되는 것

> 적나라하게 벗겨진 몸뚱이
> 벽돌처럼 누워 그저 떠는데
> 안쓰럽지 않은 건
> 내 속이 메말라 버린 탓이고
> 게을러빠진 나의 요즈음과
> 녀석의 자태가 꼭 닮은 탓이다.

_〈냉동 돼지고기〉 전문

이 시는 '냉동 돼지고기'에 대한 인식 과정의 시이다. 시적 대상인 '냉동 돼지고기'의 겉껍질부터 시작해서 속살로 들어가면서 그 존재에 대한 섬뜩한 인식을 하고 있다. 칼날에 찢긴 살코기, 핏물이 빠진 몸뚱이, 다듬어지지 않은 고깃덩이. "어디론가 흩어진 지 오래일 녀석의 단말마"를 시인은 "누구의 기억에도 남지 않"을 것이라고 인식한다. "시신처럼 냉동고에 안장되"어 "벽돌처럼 누워 그저 떠는데/안쓰럽지 않은" 것을 시인은 자신의 "속이 메말라 버린 탓"이라고 인식한다. 그런데 이 시의 끝부분에서 "게을러빠진 나의 요즈음과/녀석의 자태가 꼭 닮은 탓"이라고 느끼는 것은 무슨 인식 혹은 감성 때문일까? 시장에서 고객의 상품이 되기 위해 "보석처럼 완성될" 때까지 질러 댄 '단말마' 때문일까? "벽돌처럼 누워 그저 떠는" "적나라하게 벗겨진 몸뚱이"의 게으름 때문일까? 이혜성은 냉동 돼지고기로 인식한다. 그 인식의 이유를 게으름 때문이라고 한다. 자신의 내면이 메말라 있기 때문이라고 한다. 자신이 내면이란 정서와 사상일 것이다. 사상보다는 정서일 것이다. 그러나 그의 시가 연민이라는 치명적인 정서가 있는 한 그의 내면은 게으르지 않을 것이다. 그렇다면 "어디론가 흩어진 지 오래일 녀석의 단말마" 같은 절규가 없다는 말일까? 삶에 대한 전율과 열정이 약하다는 말일까? 하지만, 시 〈단풍잎의 혁명〉을 보면 이런 우리의 의혹은 해소된다.

> 도로가에 줄지어 선
> 단풍나무 중 한 그루를 만져 본다
> 아직 가을 옷을 입지 않은 초록 이파리
> 매끈한 생기를 잃지 않았지만
> 가을이 깊어 감과 함께 붉어질 운명
> 하늘이 높아지면 너는 떨어지고
> 말이 살지면 넌 바스라진다
> 하지만 매연에 뒤덮여 가면서까지
> 오직 이날을 위해 살아왔다는 듯
> 도로변에 한바탕 불을 지르는
> 이 작은 존재들의 아름다운 혁명
> 스러지기 전 힘 다한 정열이
> 이십대 내 가슴에 불꽃을 지핀다.
>
> _〈단풍잎의 혁명〉 전문

이 시 〈단풍잎의 혁명〉에서 이혜성은 "하늘이 높아지면 (…) 떨어지고/말이 살지면 (…) 바스라"지는 단풍 낙엽을 "도로변에 한바탕 불을 지르는/이 작은 존재들의 아름다운 혁명"으로 인식한다. 그리고 "스러지기 전 힘 다한 정열이/이십대 내 가슴에 불꽃을 지핀다"라고 토로한다. 그렇게 시인이 느끼는 것은 '아름다운 혁명'과도 같은 떨어지는 "이날을 위해 살아왔다는" 인식 때문이다. 아름다운 혁명은 기존에 대한 전복이나 일상에 대한 반역에서 이루어진다. 이것은 열정과 전율을 동반하는 모반의식에서 나온다. 그 점에서 그는 게으르지 않다.

시인은 다른 시 〈러닝머신〉에서 그 기계 위를 사람들을 보고 "새로운 땅은 어디에도 없다"고 인식한다. 그들을 "쳇바퀴처럼 돌리는 사람들"로 인식하고 "밀려나고 밀려나도 다시/모습을 드러내는 근성"을 가진 키에르케고르의 '윤리적 실존' 같은 존재로 인식한다. 그러한 윤리적 실존의 삶을 사는 보통 사람들의 종말은 단풍 낙엽 같은 존재임을 인식하고, 이러한 선험적 인식을 통해 '아름다운 혁명'을 위해 어떠한 인식을 해야 하는가를 시 〈단풍잎의 혁명〉은 보여 준다. 이러한 존재는 키에르케고르의 '미학적 존재'들의 의식이다. 낙엽을 '아름다운 혁명'으로 인식하는 것이 그것이다.

이혜성은 자신의 존재를 시 〈마중물〉에서 "내가 물이 된다면 (…) 할머니가 한 바가지 떠 붓는/마중물 되는 건 어떨까"라고 노래한다. 그리고 〈바람처럼〉에서는 "나는 멋진 날개가 있어도 날 수 없는/동물원에 갇힌 한 마리 공작"으로 인식한다. 전자의 시에서는 설의(設疑)적으로 '마중물'이 되기를 원하고, 후자에서는 자신을 '갇힌 공작새'로 인식하지만 '바람'이 되기를 원한다. 여기에서도 그의 모반 의식은 탐색될 수 있다.

지구 곳곳을 거쳐 왔을
바람 하나 어깨에 내려앉는다

먼먼 아프리카의 어린아이들
가깝지만 멀어진 휴전선 북쪽
눈물과 가난이 덕지덕지 묻은 이야기
울먹이며 들려주는가 하면
너무 많이 먹어 죽은 부자 이야기
미국 가서 대저택을 본 이야기도
귓가에 조잘조잘 속삭인다

국적도 통행료도 없이
지구 구석구석을 디디는 바람
마구 다닐 수 있는 그가 부러워
바람에게 어려운 부탁 하나를 한다

나도 날아 보고 싶어
민들레 홀씨를 데려다 고운 흙 이불 덮어 주듯
내 꿈 한 가닥 등에 지고 날아가
저 구름 속에 묻어 주겠니
비가 되면 땅 위로 내릴 수 있게

왜 나는 이 우리에서 벗어나
바람처럼 되지 못하는 걸까
나는 멋진 날개가 있어도 날 수 없는
동물원에 갇힌 한 마리 공작인 것.

_〈바람처럼〉 전문

위의 시 〈바람처럼〉에서는 시인의 소망을 쉽게 이해할 수
있다. 이 시에서 이혜성은 자신의 정체성을 "멋진 날개가 있

어도 날 수 없는/동물원에 갇힌 한 마리 공작"으로 인식한다. 바람처럼 '우리'에서 벗어나지 못하는 공작. 여기에서의 '우리'는 중의적 의미를 갖는다. 짐승을 가두어 기르는 곳을 의미하는 울타리와 "말하는 이가 자기와 듣는 이, 또는 자기와 듣는 이를 포함한 여러 사람을 가리키는" 말을 의미한다. 이 시에서의 '우리'는 공작과 연결시키면 울타리를 의미한다. 그러나 이를 좀 더 확대시켜 이해하면 자신과 자신을 압박하는 모든 사람들을 의미할 수도 있다. 시에서 열거된 바, 바람이 전해 주는 "먼먼 아프리카의 어린아이들"의 이야기가 그 하나다. 그리고 "가깝지만 멀어진 휴전선 북쪽/눈물과 가난이 덕지덕지 묻은 이야기/(…)/너무 많이 먹어 죽은 부자 이야기/미국 가서 대저택을 본 이야기"도 시인을 압박하는 '우리'가 될 수 있다. 이는 이혜성의 시인 의식이 자신의 존재 양식을 통해서 자신의 내면 탐색에만 골몰하는 시인이 아니라, 인간의 관계 양식에서 파생되고 있는 모든 사회적 문제나 인류적 문제에서 관심이 있다는 것을 반증하는 부분이다.

그래서 시인은 바람처럼 날아 보고 싶어한다. "민들레 홀씨를 데려다 고운 흙 이불 덮어 주듯/내 꿈 한 가닥 등에 지고 날아가/저 구름 속에 묻어 주"게, 또 "비가 되면 땅 위로 내릴 수 있게" 바람처럼 날기를 원한다. 이러한 시인의 의식은 현대인들의 속성이기도 한 노마드(nomad)적 의식에 맥락을 둔다. 그리고 그러한 의식은 '아버지'와 아이덴티티를 갖는다.

3. 가족 인식의 표상들

시인에게 있어 가족은 공동체적 아이덴티티의 기반이다. 내밀한 시인의 내면에 향했던 시각을 밖으로 향하는 단초가 된다. 그리고 이러한 인식들은 좀 더 내면으로부터 멀어져 가 인류 공동체로 향하는 기지가 되기도 한다. 특히 부모에 대한 인식이 그러하다.

> 흙 속에 발이 잠긴 채
> 바람 안에서 으스대는 꽃무리
>
> 그 화사함을 보지도 못한 채
> 햇볕 한 번 안아 보지 못하고
> 축축한 흙 속에서 저보다 몇 배는 무거운
> 희망 한 줌 지고 살아가는 삶
>
> 마르고 볼품없는 제 모습과 달리
> 본 적 없지만 분명 아름다울
> 꽃잎만 생각하며
> 묵묵히 흙을 움켜잡는 뿌리 같은 사람
>
> 세상에 한 명뿐인
> 나의 아버지.
>
> _〈뿌리〉 전문

위의 시 〈뿌리〉는 "세상에 한 명뿐인" 시인의 아버지에 대한 인식의 시이다. 이 시에서 이혜성은 아버지를 "뿌리 같은 사람"으로 인식한다. 3연에 보듯이 "아름다울/꽃잎만 생각하며/묵묵히 흙을 움켜잡는 뿌리 같은 사람"으로 아버지를 표상한다. 여기에서 '꽃잎'은 아버지에게는 처자식이다. 그 꽃무리의 화사함을 보지도 못한 채 "햇볕 한 번 안아 보지 못하고/축축한 흙 속에서 저보다 몇 배는 무거운/희망 한 줌 지고 살아가는 삶"의 존재인 뿌리로 아버지를 묘사한다.

그리고 시 〈양말이 나에게〉에서는 어머니를 '양말'과도 같은 존재로 표상한다. 나는 어머니에 대한 인식을 이렇게 하고 있는지를 본 적이 없다. "닳고 닳아서 구멍이 나려는 양말"로 어머니를 인식한다. 앞의 시 〈뿌리〉에서처럼 이 시도 어머니를 왜 '양말'로 인식하는가, 그 과정을 이 시는 쓰고 있다. 양말은 걸음마를 떼면서 만난 귀찮은 존재다. 그 양말에 대해서 이혜성은 어린이용 양말에서 어른용 양말인 공동 사이즈의 양말을 신기 시작하면서 불평을 늘어놓기 시작했다고 토로한다. 그러나 양말은 "외출할 때면 (…) 암탉처럼/발을 꼬옥 품고 있었"고 "냄새는 아랑곳하지 않는다는" 것이다.

(…)
이제 나는 어른이 되었다
그 귀찮았던 양말을 가끔 신지 않고 집을 나선다
웬걸
발바닥이 저리고 따끔한 건 착각일까

매일 양말을 신을 땐 몰랐다

그 얇은 천 하나가
묵직한 내 몸무게와 신발과의 마찰을
온몸으로 받아 온 것을

이제야 알아챈 나는 바보다
닳고 닳아서 구멍이 나려는 양말
어머니는 나에게
그런 존재였던 것을.

_〈양말은 나에게〉 후반부

위의 시에서처럼 시인이 어른이 되어 양말을 신지 않고 외출했을 때, 이혜성 시인은 "발바닥이 저리고 따끔한" 것을 느끼게 되고, "그 얇은 천 하나가/묵직한 내 몸무게와 신발과의 마찰을/온몸으로 받아 온 것을" 알게 된다. 비로소 양말의 존재를 느끼게 된다. 양말과 같이 차가운 외부의 압력을 막아 주는 어머니의 존재를 그때야 알게 된다. 삶의 무게에 "닳고 닳아서 구멍이 나려는 양말"이 어머니의 존재임을 비로소 알게 된다. 그래서 요양원에 계시는 외할아버지에게 남성용 양모 타이즈를 선물하시는 어머니의 마음을 알게 된다.(시 〈양모 타이즈〉에서)

이혜성은 할아버지의 존재를 '양초'로 인식한다. 할아버지의 삶을 뜨거운 '양초의 눈물'로 표상한다.

양초의 눈물은 뜨겁다
할아버지의 생애처럼

울다 울다가, 흐르고 흐르다
마침내 몽당연필처럼 짤막해진 양초

흘려보낸 눈물은
사랑했던 지난 시절을 품에 묻고
길다면 길고 짧다면 짧은 여행의
종착역을 향해 달린다

촛불이 흔들린다
비틀비틀 지팡이 하나 붙들고
나아간다, 고요한 뜨거움으로

양초의 울음은
보는 사람도 눈물짓게 한다
그 얼굴에, 주름골에
백여 년 역사가 심겨 있는 것을

다 녹아 흘리워도
양초는 양초다.

_〈촛불〉 전문

'촛불'은 자신의 몸을 불태워 빛을 낸다. 그래서 양초의
눈물은 빛을 내고 흘러내는 존재라 뜨겁다. "울다 울다
가, 흐르고 흐르다/마침내 몽당연필처럼 짤막해"질 때까지
"사랑했던 지난 시절을 품에 묻고/길다면 길고 짧다면 짧
은 여행"을 한다. 불꽃이 사그라지는 "종착역을 향해 달린
다". 그러한 양초의 생애를 이혜성의 할아버지의 생애로 인
식한다. 할아버지처럼 "비틀비틀 지팡이 하나 붙들고/나아

간다, 고요한 뜨거움으로" 백여 년의 역사를 심는다. 그래서 "다 녹아 흘리워도/양초는 양초"라고 할아버지는 할아버지라고 인식한다. 그래서 "양초의 울음은/보는 사람도 눈물짓게 한다고 시인은 표현한다. 이렇게 할아버지를 양초로 표상하고 있는 시는 나는 일찍이 본 적이 없다. 어머니를 양말로, 아버지를 '뿌리'로 표상하여 빗대어 쓴 시를 나는 본 적이 없다.

이혜성의 시는 다분히 감각적이다. 사물에 대한 인식 또한 낯설지만 새롭다. 가족을 사랑하는 마음을 주관적으로 인식하고 객관적으로 형상화한다. 그의 시법의 원초는 사무사(思無邪)의 시학에서 나오는 것으로 이해해도 좋을 것이다. '마음의 연민'에 삿됨이 없다. 그래서 그의 시는 진정성 혹은 따뜻한 사랑의 마음이 있다. 그리고 사무사의 시학인 '마음의 세밀함'을 통해서 디테일한 정서를 표출한다.

틈을 비집지 않고 나오는 생명이 있던가
씨앗이 갈라지는 아픔과
그 틈으로 가까스로 고개 내민 떡잎이 있었기에
아름다움을 뿜낼 수 있는 꽃들이 있고

외로이 남겨진 까치밥처럼
덩그러니 나뭇가지에 매달렸다가
허물 틈새로 젖은 날개를 펼치는
나비의 태어남도 그러하고

또한 자궁 틈바구니로 머리를 들이미는

인간의 탄생도 다르지 않다

그렇게 세상에 나온 생명들은
더 커다란 틈으로 달려가야만 한다
살아남기 위해, 무리의 틈 사이로
더 빨리 내달려야 하는 야생의 법칙

우리도 그렇게 경쟁하고 있지 않은가
아침마다 지하철을 타기 위해
사람들 틈을 마구 비집고
대결에서, 언쟁에서 이기기 위해
상대의 작은 틈이라도 사정없이 파고드는 우리의 삶

틈에서 태어나 틈 속에서 살아간다
좁은 문에서 태어나 좁은 길을 걸어야만 하는
우리의 틈 비집기.

_〈틈에서 틈으로〉 전문

원론적으로 시는 인간의 내면에 내밀하게 은폐되어 있는
원초적인 감성을 끌어내어야 한다. 그 이유는 인간의 본체
와 삶이 본질을 삿됨이 없이 드러내어야 하기 때문이다. '마
음의 세밀함'을 통해서 디테일한 정서와 인식을 통해서 이
는 성취된다. 위의 시 〈틈에서 틈으로〉는 인간의 삶에 대한
원초적 인식을 '틈'이라는 모티프를 통해 보여 준다. 틈을
비집고 나오는 생명. 그 생명의 법칙을 '틈'이라는 언어의
존재 양식과 관계 양식을 통해 실현됨을 보여 준다. 삶의
잿빛임을 깨닫고 그 잿빛이 "진정한 아름다움의 역설로"
(시 〈회색의 아름다움〉에서) 인식하는 것도 이 때문이다.

또한 "짧아지는 연필처럼" "진실된 마음 내보이기 위해/ 겉에 보이는 허물 따위 과감히 태워 버려야"겠다는 의지, 그리고 "잘려지고 깎여져 작아질수록/짧디 짧은 몽당연필이 될수록" "속마음은 더 진하게 전해"(시 〈짧아지는 연필처럼〉에서)진다는 의식도 그의 시학인 사무사(思無邪)의 시학에서 비롯됨도 이 때문이다.

자연인 이혜성에 대해서 나는 아는 바가 없다. 이 시집을 통해서 나는 시인 이혜성을 만났다. 시인으로서의 그는 한국 서정시인으로서 정통파다. 그의 시정신 또한 전통적 시계보에 뿌리를 두고 있는 안심할 수 있는 시인임을 자명한다. 그러나 젊은 시인답게 발칙함은 없지만, 그 발칙함을 절제하지만, 그 봉인이 풀릴 때, 언젠가는 아니 내일이라도 한국 시의 새로운 지평을 열 수 있는 자질과 진지함과 엄숙함이 있기 때문에 그의 시 지평은 빛날 것임은 또한 자명하다. 그래서 그의 시를 주목한다.